# O GRANDE DEFLORADOR

e outros contos escolhidos

DALTON TREVISAN

# O GRANDE DEFLORADOR

e outros contos escolhidos

www.lpm.com.br

L&PM POCKET

Coleção L&PM Pocket, vol. 210

*Capa*: L&PM Editores
*Revisão*: Renato Deitos e Delza Menin
*Produção*: Jó Saldanha e Lúcia Bohrer

ISBN 85.254.1055-1

---

T814g Trevisan, Dalton, 1926-
O grande deflorador e outros contos escolhidos / Dalton Trevisan. Porto Alegre: L&PM, 2000.
98 p. ; 17 cm -- (Coleção L&PM Pocket)

1. Ficção brasileira-Contos. I. Título. II. Série.

CDD 869.931
CDU 869.0(81)-34

---

Catalogação elaborada por Izabel A. Merlo, CRB 10/329.


Porto Alegre: Rua Comendador Coruja 314, loja 9 - 90220-180
Floresta - RS / Fone: (0xx51) 225.5777

Impresso no Brasil
2001

# Sumário

## Uma negrinha acenando

Seis e meia da tarde, na estrada. Calça azul berrante e blusa vermelha.

– Dá uma carona, moço?

Gostou de ser chamado moço. Ela sorriu: nenhum incisivo superior.

– Suba.

Sandália velha de couro. Sem bolsa.

– De volta do emprego?

– Estou paquerando.

– Não diga. Faz isso todo dia?

– Quando não chove.

– Desde muito na vida?

– Faz um ano. Uma ruiva me trouxe. Ela também paquera.

– Quem foi o primeiro?

– Meu noivo. Queria saber se era moça.

– Ficou grávida?

– Tive um menino. Quase um aninho. Chuva ou sem chuva, são dois pacotes de leite por dia.

– Teus pais sabem?

– Pensam que trabalho de diarista.

– Como é a paquera?

– A gente faz sinal. Até que alguém pára. Às vezes fica freguês.

– Aonde vão? Alguma casa?

– Que casa. No caminhão. No mato.

– Você faz tudo?

– O normal.

– Sente algum prazer?

– Difícil. Eles sempre com pressa.

– Quanto você cobra?

– Meia nota.

– Hoje foi bom?

– Não ganhei nada. Tem dia bom. Depende da sorte.

– Qual o pior dia?

– Quando chove. Ou muito frio. Cato graveto e acendo foguinho debaixo da ponte.

– E a hora pior?

– Do almoço. Daí eles não param.

– Você almoça?

– Eu, hein!

– Como você vem?

– Cedinho saímos de casa, eu e a ruiva. Andamos um bom pedaço. Medo de meus pais. Daí ficamos pedindo carona. De repente um pára.

– E a volta?

– Mais custosa. Ainda se ameaça chuva.

– Já anoiteceu na estrada?

– Um par de vezes.

– Quando amanhece chovendo?

– A gente não vem.

– Qual foi o melhor dia?

– O dia que peguei sete.

– Já tenho visto na estrada essa calça azul.

– De onde o senhor é?

– Estou de passagem. Há muitas como você?

– Uma em cada curva. Muita menina. De treze e catorze anos. Dão até por amor.

– Onde?

– No matinho. Atrás da moita.

– Não engravidam?

– Lá são bobas feito eu.

– Esses dentes. O que aconteceu? Tão novinha.

– Doía o do meio. Bem aqui na frente.

– Quem te atendeu?

– O dentista do governo.

– Por que tirou os outros?

– Eu disse: "Dói aqui". E ele: *Já viu debulhar milho?* Daí arrancou os quatro.

– Chegamos. Aqui você desce.

– Até qualquer dia, moço.

O sorriso puro dessa grande festa de viver.

# Última ceia

É gesto de desprezo? Ofendida, o rosto em fogo, depois lívido. Morde o lábio, apanha as notas, guarda na bolsa.

– Só por meus filhos aceito este maldito dinheiro.

– Ah, é? E para os teus machos o que sou? O velho coronel?

– Não sou vagabunda.

– Então o que é?

– Pois bem. Eu sou. Puta de rua. Puta rampeira e fichada. Puta de todos os machos. Menos de você.

O velho encosta-se na porta e abre os braços – um elástico branco em cada manga.

– Daqui não sai.

– Mais nada entre nós.

– É a despedida. Última vez.

– Não e não. Tudo acabado.

Óculo embaçado, bigode trêmulo, bem rouco:

– Eu quero você. Daqui não sai.

– Abra já essa porta. Abra ou se arrepende.

– Fale mais baixo.

– Se eu deito nesta cama, você nunca mais se levanta.

– ...

– Te deixo mutilado, crucificado, castrado.

Em derrota, baixa os braços, afasta-se da porta.

– Não grite. Por favor.

Ela ajeita a bolsa no ombro. Para ver o que tinha perdido, a blusa meio aberta, sem sutiã. Ali o negro Jesus, ele sim, crucificado de delícias entre os dois biquinhos róseos.

– Desculpe, querida. Meu naco de pão. Fique. Meu copo de vinho. Só um pouco. Minha última ceia.

– Adeus, doutor. Para nunca mais.

Loira de raios fúlgidos, vestido vermelho, espirra fogo da botinha dourada.

# O baile do colibri nu

Sentadinho na escada, mão no queixo: a carinha enrugada no corpo do menino de oito anos. Em cada olhinho suspensa uma lágrima vermelha.

O doutor abre a porta. Mais que o João se esforce, não acodem as pernas.

– Fique sentado, rapaz. O que foi?

– O juiz me chamou. Quer pensão, a desgracida.

– A Maria?

– Amanhã no fórum. Dez horas. Levo o doutor comigo.

– O oficial de justiça que intimou?

– Dou uma nota para o doutor.

– Não posso, João. Amanhã eu viajo. Ouça meu conselho.

– Então não vou.

– Se foi chamado, vá. Mas não assine nada. Entendeu bem?

– Estou carpindo a rocinha.

– Que rocinha é essa?

Chega-se o parceiro das noitadas no Balaio de Pulga.

– Sou o Carlito, doutor. É uma rocinha de milho. Às meias com o Perereca.

– Ih, meu Deus. Logo o Perereca. Não é ele que bebe?

– Mais que o pai, doutor.

– Só milho torto há de vingar.

João cabeceia, um fio de baba fosfórea no queixo imberbe.

– Oi, João. Está me ouvindo?

Exibe a lingüinha azul do vinagrão – uma ostra que não pode engolir nem cuspir.

– O doutor vai. Não é, doutor?

– Já disse que não. Você deve ir. Só não assine.

Derruba no joelho o chapelão de palha, um risco branco na testinha lavada de suor frio.

– Já sei. Não assino.

Gruguleja um palavrão e oscila perigosamente no degrau.

– Carlito, não é? Me diga. Ele quis mesmo se enforcar?

– Subiu na cadeira, enfiou a corda no pescoço, o nó correu. E caiu de pé bem vivinho.

– E a Maria? Está com o André?

– Do André não sei. Com o Joaquim é todo dia. Não tem segredo.

– Como é que pode? Feia, peluda, óculo escuro?

– Tem mais, doutor. Quando estavam juntos, o João voltou de repente. Às duas da tarde. Deu com ela e o Juca. Na cama.

– Não adiantou prendê-la na garupa da bicicleta.

– Pelas costas só xinga de Colibri o hominho.

– E os barracos quantos são?

– Eram três. Agora dois. Vendeu um, que foi desmanchado. E bebeu todinho no Balaio de Pulga.

O triste colibri ressona bolhas de espuma no canino de ouro.

– Ei, João? E a tua filha, João? Com quem ficou?

– Diabo de nego. Toquei o porco do nego.

– Você não respondeu. Está com você? Ou com a Maria?

– Comigo. Tanto quer saber. Ajeitei o paiol para o nego.

– Que negro é esse?

– ...

– O negro fez arte com a menina, doutor.

– Peste de nego. O nego sujo.

– Deu queixa para o sargento?

Sacode a cabecinha grisalha, bate a pestana que já se fecha.

– O doutor não sabia do baile nu?

– Epa, que história é essa?

– O negro já de olho na menina. Que é bonitinha. Embebedou o João. O negro na cachaça. O João no vinho tinto. E deu a idéia do baile.

– Barbaridade.

– Trouxe a filha do Gervásio para o Colibri. E quis para ele a menina.

– Ah, negro safado.

– O doutor sabe aquela radiolinha do João? Ligou a todo o volume. Nosso Colibri, o mais pequeno e barulhento. No melhor da festa os vizinhos reclamaram do barulho. E a polícia acabou com o baile.

– Não me diga.

– Quando chegou o sargento, viu todos pelados. O negro com a menina do João. E ele com a filha do Gervásio. De doze anos. Que tinha fugido do asilo.

Daí o Carlito ri gostoso. O doutor dá um passo para trás.

– Ele se gabou. *Fui preso, sim.* E batia no peitinho sem nenhum cabelo. *Antes derrubei dois praças.*

– Pouca vergonha, João.

– Dele não é a culpa, doutor. Foi o negro. O sargento abriu a porta, a música bem alto – e todo mundo nu.

– Com a menina de doze anos!

– Tivesse mais, doutor, já seria maior que ele.

– ...

– Não fez mal para ela. O negro, esse, fugiu pela janela. Mas o João foi fácil. Carregado – nu e esperneando de botinha vermelha – no colo de um praça. Sem tempo de alcançar a pistolinha.

– O último dos heróis.

– Levaram para a cadeia. As meninas na sala do sargento. Não é que o velho

Gervásio quis dar parte do João? A guria, sorte dele, estava inteira.

– ...

– O negro, sim, perdeu a filha do João. Um negro daquele tamanho, já viu? E o juiz casou com separação.

– De corpos. E o bandido guardou a menina?

– O João arrumou para os dois o ranchinho dos fundos.

Furioso o Colibri ostenta na cinta o punhal e a pistolinha.

– Esse nego porco. O diabo do nego sujo.

– Entendeu bem, João? Você precisa ir. Nada não assine.

Repuxa no pescocinho o enorme lenço encarnado.

– O doutorzinho é meu pai.

– Só faça trato de boca.

– Os três barracos são meus. O hominho que ganhou. Foi o hominho que trabalhou.

– Metade é do hominho. E metade da Maria.

– Não se fie, doutor. Essa é uma traidora. De que lado o doutor está?

– Vá para casa, João. Dormir na cama.

O gigante dos colibris ergue-se no salto da botinha.

– Acuda o hominho.

Pende pra cá e pra lá, upa, abraçado na palmeira.

– Não vai longe esse hominho.

# Um passeio no inferno

Depois de um sono agitado foi se virar: o braço esquerdo inútil. Quis levantar – a perna esquecida. Ao chamar pelo traste da velha, gorgolejou ronco feio.

– Credo, João.

De joelho e mão posta – bem como ele implicava.

– Está com meia boca.

Em coma três dias e três noites.

– E quando voltou a idéia?

– Lá no fundo da cama. Me lembrei da canastra aberta. Ao alcance da velha bruxa. Na mesma hora bradei: *Sua corruíra nanica.*

Cinco dias depois o genro lhe corta o cabelo e faz a barba.

– Já está melhor. Mas não repare. Ainda com meia boca.

– Sorte, não afetou a fala.

No corredor é prevenido o amigo.

– Só não fale em derrame. Que ele não sabe.

– Olhe quem está aí, pai. O compadre Carlito.

O aperto bem forte da mão válida.

– Salve o bichão.

De repente abre no choro. Entorta mais a boquinha. Esfrega o olho para secar a lágrima.

– Cada vez mais firme.

– A bendita gripe me pegou.

O eterno vidro de emulsão na mesinha. Uma colher no copo d'água. Sob a cama o urinol branco de ágata. Papagaio verde de plástico.

– Já soube que fez a barba. E cortou o cabelo. Sempre um galã.

Sentadinho na cadeira de braço. Lenço branco no pescoço, bombacha cinza listada, bota preta. Ao ombro a capa azul de forro escarlate de rei dos tropeiros.

– Foi um mau jeito. Agora eu descobri.

Do maldito vento encanado – essa velha com a mania da porta aberta.

– Isso acontece. A perna como está?

– Ela não governo. É a Maria que mexe por mim.

Em vão forceja, sem bulir.

– O braço, sim, já responde. Com a massagem. Outro dia senti um sinal.

– Onde foi?

– Na mão. Entre os dedos.

– Já viu. Logo mecê...

– Era só uma tola coceira.

Cinco da manhã quer pular da cama – o valoroso corpinho não acode.

– Fiquei sem pensamento. Três dias.

– Até mais bonito. Mais gordo.

– Porco fechado engorda. É de comer e vadiar.

– Com boas cores.

Bochecha rosada. Cabelo branco e bem penteado. Olhinho direito raiado de sangue.

– É da pressão.

Nem um só dente.

– Que nada. Isso é saúde.

Orgulhoso demais para usar dentadura.

– Sabe o quê, o André? Chegou aqui:

*Não se incomode, nhô João. Minha mãe teve a mesma doença. E durou quatro anos.* Eu perguntei: Daí o que aconteceu? *Daí ela se finou.*

Chorando no riso:

– Isso é consolo?

Com a destra afasta a dobra da capa. Expõe a mão inerte.

– Sem serventia, a desgracida.

Suspende-a e, morta, deixa cair.

– Foi um sonho, seu João. Já esquecido.

– Sonho não.

Duramente belisca a mão traidora.

– Um passeio no inferno.

Falar em inferno, entra a megera de perna cambaia. Amorosa, mas de bigode e voz grossa. Enquanto não sai, ele fica de olhinho lá longe na janela.

– Acordo à uma da manhã. Daí começo a brigar.

– Com quem?

– Com a minha cabeça.

Soberbo recusa o boné xadrez e a manta de lã. Erguido na cadeira pelo genro e o compadre. No quintal deliciado com o beijo do sol por entre as folhas da laranjeira. Uma gorda lágrima corre pelo narigão rubicundo.

– Sabe o que esse velho quer?

Chorando e rindo na flor dos setenta e sete anos.

– Mulher. Só fala em mulher.

Chega a tossir de satisfação.

– Mocinha bonita?

– Mais baixo. Olhe a corruíra. Cuidado.

– Que passa por perto?

Para ele é sempre um abismo de rosas, um turbilhão de beijos, uma tropa galopante com espadas e bandeiras.

– Nem uma escapa!

# Meu querido assassino

– Sabe quem é?

– Como vai, Maria?

– Teu ouvido não falha. Nem quando estou rouca. Fiquei de cama. Com febre.

– Será que pega pelo telefone?

– Sabe? Estou com saudade.

– Que pena. Hoje não posso. Como vai a Zefa?

– Está no asilo. Uma preguiça de ir lá. Tão triste que é. Nas férias ficou uns dias comigo.

– E ela se queixa?

– Das outras velhas. Dela judiam.

– Será mesmo?

– Sempre foi intrigante, essa aí.

– E o canino amarelo? Ainda tem?

– Até ele caiu.

– Como passou na tua casa?

– Só dormia. Acordava para comer.

Papinha na tigela. Eu dava a colher na boca.

– Lembrava os bons tempos?

– Não fala mais. Pudera, oitenta anos. Já não faz pé-de-moleque. Nem cocada branca. Está encolhendo, cada vez menor. Sabe o que é um caqui murcho na gaveta?

– E você? Tem tido aventuras?

– Só o médico.

– Então me conte.

– É engraçado. Fez aquilo. Outra vez.

– Em decúbito ventral?

– Até medo de dizer pelo telefone. Uma linha cruzada, já pensou?

– De manhã as linhas não se cruzam. Como é que foi?

– Foi agora. Meu marido viajou. À noite não posso sair e no consultório dele é perigoso. Marcamos encontro na quitinete dum amigo.

– À tarde?

– Duas horas. Fazia calor. Deixei as meninas no bondinho da praça.

– Esse bondinho agora sei para que serve.

– Cheguei atrasada. O pobre já tinha

tirado a roupa. Só de cueca de bolinha, relógio de pulso, meia preta.

– Se alguém bate e ele abre a porta?

– Pelo toque da campainha sabia que era eu.

– ...

– Me viu pelo olho mágico, seu bobo. Já quis ir para a cama. Logo deitando de bruços. Pompom bem branco.

– É maior que você?

– Um homem grande. Duas de mim, tadinha.

– O que ele inventou?

– Abria com as mãos. Aquele bubu de geléia de mocotó. Disse o que você já sabe.

– Não me lembro.

– *Venha por cima. Esfregue ele. Ai, amor. Como é bom.*

– E você o que fez?

– Tanta coisa que tenho medo de contar.

– Ah, safadinha.

– Queria que eu falasse. *Faça de conta. Fale. Agora sou mulher.* Tinha levado o vibrador, que ele pediu na vez passada.

– Que vibrador é esse?

– Comprido, rosa-pálido, redondo na ponta. A gente usa para massagem na pele. Ele de bruços. Nuazinha, deitei do lado.

– ...

– Olho fechado, sonhando o quê? Aí fui dizendo. "Já esfrego na tua cara. Disso que você precisa. Não tem vergonha?" E a bulha de mansinho.

– Como que é?

– O trote de um cachorrinho na calçada. "Agora perto dessa boquinha." Sabe o que ele fez? Botou a língua azul de fora. Fui esfregando na nuca, atrás da orelha, em volta da boca.

– E ele? Ainda de olho fechado?

– Fui por cima. De joelho na cama. Pedi que ajudasse. "Está gostando? Quero te machucar. Não tem perdão."

– E ele?

– *Assim é bom. Ai, eu morro. Assim que eu gosto.* Então rolei a pontinha. Bem devagar.

– Que sabidinha.

– A pilha fraca. Que azar, já viu? *Quero mais. Judie de mim. Me bata. Com for-*

*ça. Sou tua mulher.* Nessa hora o vibrador pifou.

– E daí? Fale.

– Para que serve o dedo?

– Você é uma artista. Qual deles?

– O mais gordinho.

– E o que...

– Gemia que eu não parasse. Com a boquinha meia torta no travesseiro: *Fale, amor. Castigue a menina malvada. Faça mais.*

– O que você dizia?

– Tenho medo do telefone.

– Seja boba.

– "Agora, sim. O que você queria. Está doendo?" *Eu morro. Não. Me mate senão é um assassino.* "Tua hora chegou. Sua grande boneca. Já imaginou? Tua mãe te visse agora? Teu velho pai aqui de chicote? Já não me escapa, sua louca."

– Puxa, você sabe das coisas.

– Dizendo essas bobagens, fazia de leve com o terceiro dedo. Ele e eu em transe. Fiquei lavada de suor. O bruto homem deitado. E eu ali de joelho. Ou galopando por trás.

– ...

– Ai, João do céu. Como eu cansei.

– E ele se excitou?

– Sei que a bicha nessa hora tem ereção. Ele, nada. Só no fim...

– O quê?

– Me virou de costas. Fechasse bem as pernas. Veio por cima, com pouca vontade. Tentou sem poder. A cara afundada no lençol, gemia baixinho.

– Aposto que...

– Depois me deu duas notas. O bom nele é isso.

– O que disse?

– *É uma diabinha. De mim não sei o que fez. Nunca me aconteceu.* Ah, se ele soubesse.

– Não perguntou se...

– Bem aflita com as meninas lá no bondinho. Fazia mais de uma hora. Peguei o dinheirinho e saí correndo.

– Ele é casado?

– Três filhos crescidos. "Tua mulher é a noivinha do tempo em que eu varria o consultório?" O pobre, meio triste: *Ela mesma.*

– Por que será que é assim?

– Ninguém sabe por que você é assim. Na casa de nhá Lurdinha, já te falei, os clientes queriam ver. Me abraçava e beijava com outra menina. Brincando no tapete vermelho. Até que era bom. Quando contei, ele ficou atiçadinho. Imaginou que eu era o homem das duas.

– ...

– Agora sou o homem da vida dele.

– E quando chegou ao bondinho...

– Antes passei na Caixa. Pagar o juro da cautela. Um anel de brilhante, uma pulseira da Zefa, o broche com rubi. De leilão já não periga.

– ... as meninas não estavam chorando?

– A menor, bem querida, correu para mim. Molhou a cara de tanto beijo: *Ai, mãezinha fofinha.*

# Olha, Maria

– Olha, Maria, estão me judiando demais. Pelo amor de Deus, não me abuse. Pelo amor de minha filha, não quero ser criminoso. Vocês estão procurando. Não me façam isso. Estou com minha consciência limpa. Essa vaca velha não se meta. Agora sei quem ela é. Já andava com intriga de mim para os turcos. Sei que essa tua mãe te desencabeça. E você é muito boba de ir atrás. Agora está como ela quer – uma desgraça bem grande. Já estou perdido da vida. Não conto com mais nada. Nem com minha própria filha. Você está trazendo tudo o que é teu para cá. Já trouxe as jóias. Agora tua roupa de passeio e os sapatos. Essa tua mãe quer falar de juiz e de justiça. Minha justiça sou eu mesmo.

Não pense tenho medo da vaca velha. Estou preparado para enfrentar qualquer um. Seja para morrer, seja para matar. Procurei sempre trazer conforto para casa. Nunca fiz questão de despesa. Você me abandonou por causa dessa tua mãe. Se estivesse comigo, nada disso acontecia. Tirou a minha filha de mim. Aproveitou-se da hora em que fui para o trabalho. Hoje vim disposto a tocar fogo. Mas pensei na minha filha. Amanhã volto furioso, daí quero ver. Por bem comigo tem tudo. Por mal está buscando uma grande desgraça. Já sabe, Maria. Sem minha filha sou tentado para a morte. Você está marcada. É amanhã, Maria. Me acompanha ou morre.

# Aula de Anatomia

– Hoje foi aula de Anatomia. O meu primeiro cadáver. Coberto por lençol imundo. De fora só o pé descalço. Alguém o descobriu: *Com medo, menina?* "Estou com pena."

– Quer dar um beijinho?

– Eu o vi inteiro. Era um velhinho. Todinho nu. De relance olhei a coisinha dele. Depois a barba por fazer, o bigode grisalho, um corte feio no pescoço.

– Assim, não.

– Estava meio cinzento. Cheirava a formol. Já sentiu? Uma catinga doce.

– Mais um pouco. Bem assim.

– A catinga do nosso medo. Me deu ânsia. Tossi e comecei a fungar. Um colega me disse: *Não chore, sua boba. Esses aí foram bêbados e vagabundos. A ninguém fizeram nada de bom. Agora valem para alguma coisa.*

– Veja como é quentinho.

– "Pensa que o velhinho é uma barra de chocolate? Tenho pena dele, e pronto."

– Não pare.

– Engraçada a barbinha, João. Não há formol que derreta. Parecia ter feito a barba no último domingo. Se eu passo a mão? Só pensar, todinha arrepiada.

– Ouça como bate as horas.

– Não posso ver no velhinho um resto de carniça. Por ele tenho respeito. Não adianta me dizer que presta serviço.

– Agora não fale.

– Vejo o velhinho vivo. Abrindo o olhinho vermelho. Chupando a boquinha torta. Nem um dente, o pobre: *Que é isso, minha filha?*

– Me beije, amor.

– Ali servido na mesa. Me olhando e cheirando. Um grande peixe cinzento. Sabe, João?

– Ai, anjo. Ai, ai.

– Da unha encravada. Só me lembro. No dedão direito.

# Vai, valentão

Ao me recolher, onze da noite, choro de gato no fundo do jardim. Algum vizinho saiu e o esqueceu lá fora? Miau-miau de filhote, talvez o dono queira educá-lo ao relento. Na cama, leio o verbo poderoso do profeta – e o mio aborrecido não pára. Pequeno, como pode chorar tão forte? Há de cansar, há de dormir.

Quem disse? Noite inteirinha, o berreiro desgracido, sem única pausa. Me consolo que, se a mim tão irritante, ainda mais para a gente da casa. E os dois púcaros búlgaros ruivos, na fúria sempre acesa, o que esperam para abrir a janela, aos gritos: "Sai-te, gato babão. Roqueiro pirado. Seu grilo gago. Filho de uma guitarra elétrica. Arapon..."?

Cochilo, vigio, o miau lá no fundo.

Pela manhã, exausto, meia hora de sono. Abro a porta ao Topi, que o seu latido faça calar o maldito gato. Estranho, nenhum pio. No banheiro, mais forte o miado, deve ser no prédio da esquina. Abro as janelas, cresce o lamento aflitivo. Puxa, será que viajou a família e se dane quem fica?

Saio para a varanda. Ao pé do muro, *dentro* do jardim, lá está o famoso herói. Assim que me vê – oi, meu salvador, amigão velho de infância! – corre ao meu encontro, miando, a colinha empinada. Branco e preto, aos pulinhos, penugem arrepiada, esbanja sedução e graça. Máquina fabulosa de brincar, simples gatinho. Nada que se compare, nuvem peluda e fofa com patinhas.

– Espere aí, cara.

Fecho a porta, chego até o vizinho, algum gato perdido? *Bicho? Ali no edifício?* É o velhote feroz de longa barba. *Nem canto de passarinho.* Essa, não, que coração de pedra teve coragem de jogar a pessoinha por cima do muro? E se cai na bocarra de um buldogue? Decidido: é meu, puro amor à primeira vista.

Mal de mim, agora me lembro: gato, a dona da casa não tolera – ui, que nojo. E o pobre Topi, já de barbicha branca, destronado no amor da família. A trinca de sabiás que salta no jardim? E os filhotes de minha irmãzinha, a corruíra nanica?

Os dois indecisos ali na soleira, olho no olho. Confiante, o bichano me esfrega na perna a colinha fagueira. Só o focinho de fora, observa o movimento na rua, se vira para entrar – hora do leitinho quente.

– Isso aí, meu velho – ergo de leve o pé. – Vai, valentão do mundo.

E lhe empurro docemente a bundinha degrau abaixo.

– É todinho seu.

Fecho o portão e, sem olhar para trás, volto aos meus cuidados.

# Que noite, meu velho

Atende no roupão florido de seda. Bem penteada, os cremes no rosto. Faceira, mas trôpega.

– Levantando agora?

– Quem dera. Acordada desde as cinco.

– E o João?

– Deitado. Não passou bem a noite. Queria chamar o médico.

Entrando no quarto:

– Minha vida é um desespero.

– Quem está mais doente? Você ou ele?

Da cama, João faz sinal furtivo: Estamos do mesmo lado, nós contra ela.

– Quer voltar ao passado. Ser menina outra vez. Não se conforma.

– Os filhos me abandonaram. Nunca estão em casa. Fim de semana sempre na praia.

– Um cuida da mulher. Outra, dos filhos pequenos. O que você quer mais? Teu marido não está aqui?

– Com você não posso contar.

E sai tropeçando do quarto.

– Tadinha. Tristura senil. Só falta dizer que é noiva do doutor Pestana.

As esclerosadas da família acabam todas noivas do doutor Pestana.

– E você?

Bem torto no travesseiro, pijama de pelúcia manchado de café com leite, a dentadura flutuando na boquinha torta.

– Que noite, meu velho. Se cuide, procure um médico. Já imaginou levantar nove vezes? Tremendo de frio, fico de perna aberta, o troféu na mão. Dez minutos depois é que pingam umas gotinhas – brasa de cigarro queimando.

– O que o doutor...

– *Nervoso. Puro nervoso.* Olhe aqui para ele. Já pedi: Me opere. Diz que não dá.

– Com os anos foge o sono. Toda cama é forrada de pregos. Não é o único. Eu faz vinte anos que não durmo.

– Você deve ser achaque passageiro. Comigo é diferente. Com o calor a coisa dilata, não passa uma gota. Minha noite é um sonho acordado no inferno.

A Maria ali na porta:

– Desespero é o meu.

– Essa mulher – já viu? – não sossega.

– O que você quer, Maria? Ser a tia Eufêmia? Os três filhos sempre em roda. Um, bêbado. Outro, uma perna mais curta. Outro, bicha. E todos de boné xadrez.

Sem força de gritar, João bate palmas em surdina.

– Bem isso eu quero. Meus filhinhos em volta da cadeira de embalo. Beijando a mão e pedindo a bênção.

– E se não dá? O que se vai fazer?

– Qualquer dia me atiro. No vestido vermelho de veludo. Por essa janela.

– ...

– Se antes ele não me empurrar.

# Diálogo entre Sócrates e Alcibíades

– Quietinha. Aqui na sala. A mãe já volta.

Sorrindo para o doutor.

– É a guardiã da mãe.

Assim que ele fecha a porta.

– Trouxe a revistinha.

Ele folheia, incríveis posições mil.

– Comprei na banca. Vem fechada.

– Não sentiu vergonha?

– Eles nem ligam.

Ali de cabeça para baixo.

– Essa não dá certo.

– O sangue desce. Como é que ela se excita?

Reparo de verdadeira profissional.

– Ela nem ele. Levantar dois pesos de uma vez, já viu?

– Você tem cada uma, João.

Vira a última página.

– Que beleza, não é?

– Fique com ela. Guarde bem. Na outra vez nós imitamos.

– Me conte do viúvo.

– Um homem bom.

– Bom mas não...

– Quer saber melhor que eu? Quem só aprecia, sem fazer nada, é o Pedrinho.

– E o viúvo, o que faz?

– É contador. Quando preciso ele me ajuda.

– Os encontros são na Travessa Itararé?

– Eram. Agora tem gente conhecida ali perto. Um prédio velho. Corredor bem escuro. Você sobe com a mão na parede.

– E o viúvo é safado?

– Por que você diz? Das revistinhas?

– E não é?

– Não são dele. Um amigo que deixa lá.

– Na tua casa onde você esconde?

– Embaixo do tapete da sala.

– Você é louca. E se o teu marido?

– Não há perigo.

– Do tempo de putinha tem doce lembrança?

– Até fome passei. Às vezes vinha gente importante. Era aquela farra. Batatinha frita. Macarrão.

– E nhá Lurdinha era gananciosa?

– Cobrava o quarto. Mesmo sem freguês.

– Você não teve um caso com o doutor Pestana?

– O encontro no Edifício Asa. Se você visse como era difícil. Um homem gorducho assim. Não só a barriga. O que atrapalhava mesmo era o pinto. Um pintinho assim.

– ...

– Ficava lavado de suor. Ali no soalho a marca dos pés.

– E foram muitas vezes?

– Depois que casei, sumiu. Ele pensa que me regenerei.

Continua a putinha que sempre foi.

– João, você conhece o filho do Tadeu?

– Bonito rapagão.

– Jorginho é o nome. Saiu cinco vezes comigo. Só me abraçava e gemia. Na quinta fez de tudo mas não conseguiu.

– Engraçado. Tão moço e forte.

– No carro ficou nu. Lá na praça. Curitiba já não é a mesma. O Ito aos beijos na boca com o soldadinho. O Marquinho sombreia o olho azul e pinta as unhas do pé. A puta velha do Nelsinho perseguindo os meninos.

– E o Jorginho por que será? Não me diga que...

– Sei lá. Uma cicatriz bem aqui.

Aponta para o cóccix.

– Pode ser disso?

– Não será antes a mãe? Com filho único isso acontece.

– Antipática que é. Mania de varrer a calçada.

– Varre a sujeira do mundo.

– Isso não me atinge.

– E o Tadeu? Quer negar que ele não?

– Eu juro. Por que ia mentir? Ele me respeita. Só me desconta o cheque.

– Mas não te come?

– Não é disso. Você não entende?

– Os galinhos sempre foram disso.

De repente com olhar suplicante.

– Que pena hoje não dá, João.

Decadente, engordou. A barriguinha roliça, não há massagista cega que remedeie. O mamilo preto e grande. Unha descascada de anteontem. Derrame bilioso no olhinho lúbrico.

– Fica para outro dia. Me diga, com teu marido na cama, acabou? Não há mais nada?

– Às vezes. Eu tenho desculpa. Uma hora é doença. Outra é canseira. Quando ele quer, bem se chega. Não sinto nada. Depois tem uma. Eu durmo tarde.

– Insônia? Então somos dois.

– Fico vendo tevê. E o gordo, esse, dorme. Dou tempo a que ele ronque. Depois me recolho.

– Quando menina, da primeira vez, ainda se lembra? Antes do teu querido André?

– A Zefa só me ensinava a não fazer coisa feia. *É feio andar na rua à noite. É feio namorar.* Para ela nada era bonito.

– E do Pedrinho? Guardou boa recordação?

– O negócio dele era paixão. Me seguia por toda parte. Se debruçava tanto na janela do clube, esticando o pescoço para o meu lado, que perigava cair.

– E a cidade assistia?

– A cidade e a Zefa. Aquele velho de óculo torto, quem não viu? Encolhido atrás de cada esquina. Soprando a mãozinha fria de defunto.

– O encontro onde era?

– Me pegava de táxi no beco. Pagava bem.

– O que vocês faziam?

– Ele só me beijava. Eu fechava os olhos e pensava no André.

– E aquele japonês velho?

– Tudo quer saber, você. Conheci também um japonês novo.

– No tempo de nhá Lurdinha?

– Um antes. Outro depois.

– E o contador faz muito que não vê?

– Um par de meses.

– Ainda funciona?

– Ele se ajuda com a revistinha. Um homem triste. Cada página que vira é um gemido. Pede que eu fale. Ele geme e suspira.

– Do que mais se lembra quando era putinha?

– Só da fome. E dos banquetes que matavam a fome. Dia de batatinha frita era feriado.

– De alguém especial?

– Um moço loiro. Cheio de mistério. Dizia bem baixinho: *Quero fazer um troca-troca. Me arranja um casal?* Sabe, João, o que é?

– De ouvir falar. Nunca fiz.

– Esquisito. Ele não gostava de perfume. Eu perguntava por quê. Medo da tua mulher? *Perfume,* ele dizia, *me atordoa.*

– Em mim, se é forte, provoca espirro.

– Então não me quer mais?

– É perigoso. Se chega algum cliente? Bate na porta? E a tua filha chora na sala?

– Com o perigo não é melhor?

Tanto basta para que se decida.

– Você pediu. Agora não se queixe.

– E a moça?

Chaveia a porta.

– A essa hora já foi.

Ela irradia o famoso jogo.

– Ai, que grande. Como você quer? Mãezinha do céu.

Olha-a de longe, sem bulir.

– Assim não dá. Na cadeira?!

– Vai ver que delícia. Só com uma perna.

Sentada, uma perna nua, outra vestida, abre as duas.

– Venha. Está entrando. Está dentro de mim.

Ele crava o redondo punhal de mel – até o cabo. Ela geme.

– Ai, todinho dentro. Seu puto. Ai, que bom.

Maldito óculo embaçado.

– Lá vou eu.

– Espere. Fale, João. Quer ser...

– ...

– ... meu único amante?

Bem na hora toca o telefone.

– Não atenda. Mais um pouco. Agora sou eu.

O tempo todo de colete e gravata, nem sequer despenteado.

– E o carpinteiro não voltou? Só ele foi à tua casa?

– Esteve foi um turco. Bigodão de ponta retorcida. Comprador de móveis usados. Eu tinha um armário imprestável. Telefonei, ele apareceu. Velhote, perna curta e pançudo.

– Só dá velho na tua vida? Até eu.

– Esses que são bons. Você, querido, não é velho.

– Como é que foi?

– Ele adivinhou o que eu queria. Dobrou a oferta do armário. E pediu para fazer uma coisa comigo. Só de olhar a nota, eu deixei.

– ...

– Nunca vi alguém tão aflito. Nem tirou o chapéu. Foi bem rápido. Só dizia, o coitado, olhando para trás: *Cuidado com a porta. Estar bem fechada? Senhora fechou a porta?*

– ...

– O lenço que passou no rosto ficou molhado. Pensei de o turco morrer nos meus braços.

– Ainda assim foi bom?

– Para mim sempre é.

Ele estende uma nota por sobre a mesa. Ela dobra mais de uma vez e, sempre falando, enfia no sutiã.

– Dei um tropeção no ônibus. Na hora de subir. Minha unha inflamou.

– Dói muito?

– Bastante. Quer ver?

– Não, não. Agora, não.

A menina bem-comportada na sala. Cansou de balançar a mesma perninha gorducha da mãe. Enfim cochila, agarrada na bolsinha nova. Dorme, pobre menina, antes que o bicho-papão te pegue.

## Chora, maldito

Sofri um abalo, meu velho. Vinte e um dias fiquei desligado de tudo. Desastre de carro? Muito pior. Perdi a minha patroa. Faz hoje setenta e cinco dias. Morresse de doença, aos poucos, eu me conformava. Você a conheceu: mulher sã, oitenta quilos, corada.

Não ocupou médico, nunca esteve doente. Quinze dias antes finou-se minha mãe. Enterramos a velha. Já foi um sofrimento. Na volta ela me apertou a mão: *Tome cuidado, João. Está muito nervoso. Não invente de morrer. Sem você* – e me deu um beijo molhado – *que será de mim?* E quinze dias depois, quem me falta?

Era domingo, recebemos o compadre Carlito. Sempre despachada, estalando o chinelinho. Fez almoço especial, galinha com polenta, salada de agrião. De noite deitei mais cedo. Me lembro, ela saiu do banheiro, a camisola de fitinha. E disse: *Pegue aqui, João. Veja que bate depressa.*

Tinha bebido, a pobre, um copo de vinho tinto. Maldito, sabe o que pensei? Bem eu queria. Botei a mão trêmula. Casado tantos anos, seis filhos, e perto dela ainda tremia. Levei um susto: o coraçãozinho latindo. Quem sabe chamo o doutor. *Não carece, João* – e alegrinha sorria. *Não dói.*

Não estava pálida nem nada. Marcou o despertador para as cinco horas. Na velha camisola rosa desbotada. Ainda beijei, quando ia desconfiar, as queridas sardas na bochecha e no colo arrepiado de cócega. Muita noite ali descansei a cabecinha aflita.

Outra igual não existe. Nunca brigamos. Aqui cheguei de cesto vazio. Me ajudando, ela costurava para fora. Quando melhoramos de vida, falei: Agora você tem de parar. Mas você parou? Nem ela. Até o último dia.

Duas da madrugada. Acordei com gemido feio. Acendi a luz. Dei com ela:

sentada na cama, cara roxa, grande olho branco.

Olhei para ela e não podia acreditar. Lábio azul, o dente cerrado. Tentei abrir – saiu gosma de espuma com sangue. Daí me pus a gritar. Chamei de volta, não me ouviu. Lutei com ela, que se mexesse. Uma dona daquelas, oitenta quilos, não é fácil.

Acordei a família. Acudam, ela morreu. De cueca e descalço correndo para a rua. Quando voltei com um vizinho os filhos ali no quarto. O mais pequeno subiu nela aos gritos: *Acorde, mãezinha. Fale comigo, mãezinha.*

A gente não se convence. Ainda chamaram médico. O que ele fez foi me dar bruta injeção. Fiquei meio bobo. Não sei quem a vestiu. Lembro mal e mal do guardamento. Ao enterro não fui, minha sogra não deixou.

Ficamos sós, eu e os seis filhos. Menos mal já estão criados. A mais velha é casada. Noventa quilos, puxou à mãe. Sabia que era avó? De uma netinha. Com dois meses quando ela se foi.

Pior a primeira noite sem ela. Acendi todas as luzes. Rodeei a cama de filhos. No lugar dela o menor de doze anos. Fiquei vinte e um dias sem prestar para nada. Até hoje esqueço tudo. Às vezes não sei fazer uma conta. O médico pensou até no asilo. Já me viu no meio dos loucos?

Hoje são setenta e cinco dias da morte. E vinte e dois anos do casamento. Dela não guardo queixa. Tão econômica, do dinheiro usava só a metade. Por que não gastou tudo? *Não deu*, ela acudia. *Não tive coragem.* Essa roupinha sabe quem costurou? Existe dona igual?

Candidata é que não falta. As filhas acham que devo. Viúva moça, solteira de prenda. Até com dentinho de ouro. Alguma que nem mereço. Tão enfeitada e viçosa.

Se foi plano de Deus, bem sei, devo me conformar. De dia me distraio na oficina. Mas de noite? Pensando nela me bato a noite inteira. Minha cama, nela eu deitava. Colcha de pena de colibri, com ela me cobria. Doce cadeira de balanço, nela me embalava. Apagada a luz, erguia a camisola. Cego, de repente eu via – no lombinho tão branco duas luas fosforescendo.

Saudade judia do corpo? Sinto a vista cansada, mal posso ler. Toda manhã faço a barba, ainda aparo o bigode. Ela morreu – e não raspei o bigode. Três dias que o olho está seco. Me esbofeteio com força. Chora, maldito.

# Testemunho

– Dê o seu testemunho, irmã.

– Analfabeta eu sempre fui. Até que, na hora do desespero, abri o único livro no quarto: era a Bíblia.

– E o que aconteceu?

– Chorei três lágrimas. Esfreguei os olhos com força. E daí comecei a ler.

– Continue, irmã.

– Fui à cozinha perguntar a minha filha se aquelas eram as palavras. Sim, ela disse que sim.

– Glória a Deus: mais um milagre.

– De analfabeta passei a ler. Essa pobre filha, desenganada pela junta de médicos. Enquanto eu lia em voz alta, ficou livre da pedra no rim...

– Amém, pessoal.

– ... mais a gagueira...

– Palmas para o Senhor Jesus.

– ... e as manchas da lepra.

– Aleluia, aleluia.

– Jesus alcançou a minha filha assim que paguei o dízimo.

– Dizimista, tudo o que pede ao Senhor consegue. A irmã é da corrente dos milagres?

– Ela me valeu muitas graças e bênçãos maravilhosas.

– Conte, irmã.

– Sempre sofri dos nervos. Tinha muito medo, dormia de luz acesa. Em volta da cama vejo vultos e escuto vozes. Se apago a luz, as vozes crescem, os vultos querem me pegar. Médico, sortista, curandeiro, nada adiantou. Tomei uma caixa de injeção, fiz macumba negra, recebi passe, de joelho rezei três novenas. Cada vez pior, desesperada e revoltada. No dia em que me converti, aleluia, aleluia, de tudo fiquei curada.

– Palmas para Jesus. E o marido?

– Antes bêbado no bar. Eu namorando com o adultério. Agora tudo mudou. Ele tem dois empregos.

– E a vida financeira?

– Abençoada. Eu livre das prestações da casa. E comprando um carrinho.

– Em casa, você aí, olhe o que está perdendo. Você que tem visões. Ou escuta vozes. Espuma e sofre de ataque. Tem caroço no seio. Catarata nos dois olhos. Gosto de sangue na boca. Batedeira no coração. Luta com bichos na parede. Sente a casa caindo sobre tua cabeça. Ou está desempregado. Sem dinheiro e com dívida. Saiba que tudo é obra de Satanás. Tão logo atravesse o corredor dos milagres – sim, irmão, o corredor dos setenta homens de Deus –, todo mal desaparece.

– Aleluia, aleluia.

– Com os dízimos em dia, Deus tem honrado a irmã?

– Falei com Deus. E Ele me respondeu.

– A nossa igreja de braços abertos para você. Te oferece a cura da pior enfermidade. Mesmo desenganado por todos os médicos. O irmão com AIDS, você aí. Saiba que não é doença. Sim um agente do mal que invade e controla a tua pessoa. Homem ou mulher com o sexo trocado? Só um trabalho da Pomba Gira. Não é você: ela que te faz assim. O pederasta é uma vítima do demônio. A lésbica, um espírito imundo. Vencido o capeta, você é salvo, irmão. Nós temos a força e Deus o poder.

– Palmas para Nosso Senhor.

– Sai, sai, tinhoso. Queima ele, Jesus. Ele sai agora. Sai, Zé Pelintra. Fora, ô Capa Preta e sua mãe, a Pomba Gira. Sai, maldito, rua.

– Glória a Deus.

– O Senhor abençoa esse copo d'água, essa peça de roupa, essa mão seca e torta colocados sobre o rádio ou a tevê.

– Aleluia, aleluia.

– De onde é a irmã?

– Do Ribeirão das Onças, distrito de Colombo.

– E tem muita onça por lá, irmã?

– Não se ria, pastor. Tem uma atrás de cada moita. Só eu já vi três ou quatro. Todas querendo comer a gente. Se cuide, pastor, quando visit...

– E a outra irmã, você aí, qual o seu testemunho?

# O beijo puro na catedral do amor

– Sou a Maria.

– Que Maria?

– A Mariinha, ora.

"Ó Senhor, não sou digno – Mariinha é isso?"

– Não me acha um pinheirinho de Natal?

Pulseira prateada, brinco azul, colar vermelho.

– Assim que eu gosto.

Mais o famoso dentinho de ouro.

– Você sabe...

– Isso eu fiz. Já não me lembro. Eu não era de rua. Menti para o pai que tinha um emprego. Não sabia nada e meu emprego foi esse.

– Quanto tempo ficou na vida?

– Uns dois anos. Só com homem sério. Escolhido.

– ...

– Até um velho. Caindo aos pedaços. Era bom para mim.

– ...

– Um moço bonito que me pediu. Queria mais uma mulher. Ele trazia um amigo.

Estende a mãozinha fria por sobre a mesa:

– Só que o amigo era para ele. Chega de falar de mim. Conte de você.

Que fica de pé. Tira o paletó.

– Comece.

A moça olha bem:

– Que engraçado. Com talquinho.

– Não tenha medo.

Ainda sentada, inclina-se:

– Já me esqueci.

À sombra da pedra a lagartixa dardeja a lingüinha.

– Que tal ele?

– Ele quem?

– ...

– É bonitinho.

– Olhe para mim. Fique olhando.

Sem deixar de, sem piscar, sempre a falar:

– Gosto de revistinha suja. Você tem?

– Aqui, não.

– Mais uma coisa. Quero ser efetiva.

– Nada de efetiva. Sou casado. E bem casado.

– Tua mulher não precisa saber.

– Como você prefere, anjo? Vamos de pé?

– De pé, não. Melhor deitada.

– Onde é que... Tem cadeira demais.

Tilintar frenético de pulseira. Depressa livra-se de uma e outra calça.

O primeiro beijo na boca.

– Quer ser...

Gostinho danado de velha bagana catada no cinzeiro e acesa outra vez.

– ... meu avalista?

– ...

– Não responde, bem?

– Agora não fale.

– Ai, não agüento mais.

Deitada, estende os braços. Ele, de calça, colete e óculo, vai por cima.

– Ponha.

– Não entrou. Espere um pouco.

– Está no lugar?

– Ponha tudo. Tudo o que puder.

– ... (Óculo turvo.)

– Mais. Tudo. Mais.

Em delírio sacode a cabeça:

– Ai, que bom. Como é bom. Quero por baixo. Depois por cima. Seu puto. Quero tudo.

Tão pequetita, não lhe alcança a boca.

– Me dá um carrinho vermelho, bem?

– ...

– Quero mais. Continue. Que é bom. Não pare. Você não fala? Meu marido...

Ele sente os rodopios da barriguinha, o remoinho da concha nacarada.

– ... não presta mais. Que falta eu sinto. Faço tudo. Poxa, por que não fala? Peça...

– Ai, amor. Pisque. Agora.

– ... o que quiser. Grande puto. Rasgue. Mais. Quero tudo. Tire sangue. Mais.

– Eu já.

– Ah, não. Já? Tão ligeiro?

Pingo de suor na pálpebra. O coração

aos berros da corrida louca. Uma veia na testa ao ponto de explodir. E ela? De pobrezinha, choraminga.

– É aqui?

– Bem aí. Que mão boa. Abençoada. Ponha a mão inteira. Ai, como é bom. Quero ir por cima.

Com ataque rola o branco do olho – que tal se essa bichinha morre?

– Agora se vista.

Já arrumadinho, óculo um tanto embaçado.

– Depressa. Pode ter gente na sala.

Mão no bolso, dá-lhe as costas.

– O primeiro quem foi?

– Meu noivo. Mais a velha ralhava, eu mais sapeca. Até que aconteceu.

Tinido de pulseira, colar, brinco. "Ai, desgraçado, não olhe."

– O relógio bateu bem na hora. Duas da tarde. Atrás da porta da cozinha. De pé.

– Era menor?

– Dezoito anos. Já viu.

– Foi bom?

– Doeu. Mas não muito. Como arrancar um dente mole.

– ...

– Não achei emprego. E caí na maldita vida.

Ele apanha a bolsa vermelha, insinua duas notas dobradas: olhinho amarelo de cobiça. Sabe – quantas são? – o que ela pensa.

– Já enganou teu marido?

Lá fora pode abrir e ver. Tarde para reclamar que é pouco.

– O doutor é o primeiro.

Três anos casada. Bancário, forte, bigodão.

– Sempre uma criança chorando entre nós. Sábado ele é a pajem. A vez de fazer a mamadeira. Conhece o que é bom.

A menina de dois anos, o pequeno de alguns meses.

– Cansada de lavar roupa. Saudosa das festinhas do passado. No salão cuido da beleza. Com tapinha na barriga. Ela é japonesa, a massagista. E – já pensou? – ceguinha.

Sem tirar a carteira, o doutor alcança um cigarro.

– Não me oferece?

– Que pena. O último.

– E faço umas comprinhas.

– Como hoje.

– Ele perdeu o interesse. Se queixa de fraqueza.

– ...

– O que pode ser, doutor?

# Três maridos

– Me olho no espelho, o que vejo? Uma dondoca ruiva, gordinha, linda. E de mim por que não gosto? Me sinto desgraçada. Meu marido estragou a minha vida. Tudo me dá – e não é o que eu quero. Por que tão infeliz, me diga. Sou vítima do cara perfeito, que me adora. Nada posso fazer senão chorar. Ele, sim, é o grande culpado.

– Já o meu marido, um pirado em coca. No seu tesouro, é sagrado, ninguém pega. Minha mãe e irmãs em visita. Cismou que, em vez de guaraná, a uma delas servi coca. E, para enganá-lo, mudei a garrafa. Uma cena medonha. Podre de rico, já imaginou, minha família e eu chocadas. Tudo por uma simples coca.

– E o meu, então? De manhã, acordamos, um não pode ver a cara do outro. Cada qual no seu banheiro, ainda bem. Ele almoça fora, volta de noite. E eu, bronzeada, joelho de fora, só para humilhar. Fica me olhando, folheio uma revista, a perna estendida na mesinha. Daí na cama vem pra cima de mim. Ai, que nojo. Uma transa lá entre ele e a minha perna, não estou nem aí. Ele me fez assim. Era uma boba, cuidar dos filhos, as camisas brancas do fulano. Agora, não. Sou uma bruxa, a culpa é dele. Agora que pague. E eu, eu tinha tão bom coração, lembra-se?

## Moço de bigodinho

– Diga uma coisa, tia Naná. Verdade que o doutor João desfrutou a Maria Pires?

– Quem te disse? Faz tanto tempo.

– Foi minha mãe. Ela tem mais de oitenta. Velha como a senhora.

– Quero ver teus olhos, menino. Se não está mentindo.

– *O André nunca mente*, diz mamãe. *Só enfeita*. Juro que foi ela. E o coronel Duca, irmão da ofendida, deu vinte e quatro horas para o sedutor deixar a cidade.

– Não foi bem assim. Eu já era mocinha. Tinha quinze anos.

– Então me conte.

– O doutor João era bonito. Parece que foi casado. Não tenho bem certeza. Moreno de bigodinho. Chegou à cidade com a mãe, que foi logo embora. A paixão dele não era a Maria. Era outra moça, de nome Rosinha. As duas eram primas.

– Rosinha é aquela que morreu tísica.

– Bem coradinha. Por causa da febre. Loira, de olhos verdes. Linda como você não viu.

– E a Maria Pires?

– Só engraçadinha. O doutor e a Rosinha se beijavam no caramanchão de glicínia azul. Na chácara de dona Eufêmia.

– Abusou também da Rosinha?

– Dessa, não. A Maria Pires tinha ciúme da prima. Não por muito tempo. Rosinha, a triste, se finou. Na terceira hemoptise.

– Morreram todos na família. Não acreditavam em contágio. Um foi pegando a tosse do outro.

– A Maria Pires começou a provocar o doutor. Quem viu tudo, a culpada de tudo, foi a Filó. Gorducha e pérfida. Que morava na pracinha. No fim de tarde, a Filó, já casada, estava na janela. E viu o doutor João encostado no coreto. De chapéu, encolhido na sombra. O casarão dos Pires, ali em frente, tinha um corredor escuro.

Escondida atrás da cortina, a Filó espiava o jeito do doutor. E viu quando a Maria, lá da porta, acenou o lencinho branco. Ele se esgueirou rente ao muro e sumiu no corredor. Dia seguinte a cidade inteira sabia.

– Barbaridade.

– O alvoroço foi tão grande assim houvesse uma Filó em cada janela.

– E o coronel deu prazo para o doutor sair da cidade.

– Aí que está enganado. Ele se foi por causa do escândalo. Pegou o carro do Zeca das Neves e desapareceu.

– A senhora que se engana, tia Naná. Nessa época o Zeca das Neves nem tinha carro. Era carruagem. Não acredito que o doutor fugisse na velha traquitana sem tolda. Se fugiu, isso sim, foi de trem.

– Seja como for, arranjaram um marido para a Maria Pires. O pobre do Tadeu. Casaram, ele foi infeliz, tiveram um bando de filhos.

– Uma das moças, a senhora sabe, tinha furor. Louca por homem. Casou com um dentista. Já era dele em solteira. Depois, de pé no corredor, a vez do leiteiro e do carteiro.

– Decerto puxou à mãe.

– Não leve a mal, tia Naná. O doutor João não se engraçou com a senhora? E as outras filhas de vovô?

Dengosa, fez uma boquinha redonda de bailarina. Apesar dos oitenta, ainda um dente aqui, outro ali.

– Mais respeito, seu moço.

– Por tia Rita não ponho a mão no fogo.

– Não seja irreverente. Ela é morta. Nada mais é sagrado?

# As vozes

– De novo as tais ações mentais. Aquele meu vizinho, o João, planeja contra mim. Não adianta ser tão calado, eu sei. Mais forte a dor de cabeça. Sei quando a pessoa faz careta nas minhas costas. Isso me deixa nervoso. Essas ações desde algum tempo. Primeiro as vozes ficam brincando comigo. Daí desenham sombras no meu rosto. Por exemplo, a tua imagem na minha cara. Entende? A tua cara dentro da minha. Eu passo a ter a cara do João.

Uma série de vozes confunde a minha. Um canto da boca dispara a tremer. Imagens mentais bloqueiam a minha consciência. Gira a cabeça, estalam os dentes. Vou ao chão, espumando. Todo me batendo. A língua mordida, veja o olho roxo. Pessoas reais, eu sei, fazem essas ações. Sou vítima delas.

Ao crime só instigado nos últimos tempos. Depois de muito terrorismo. Sair na rua já não posso. E fico sofrendo. Por que não reajo? Os terrores vão mandando na minha vida. Tenho de matar todo mundo. O João era eu. Eu sou ele. Ele me aterra. Humilhando, orra. Não sou ninguém. Minha mãe fala de levar ao médico. Não vai adiantar. Nada adianta. Um total assassinato que eu sofro. E me fecho em casa, bloqueado na ação mental. De repente as vozes que me induzem. É a hora. Quero me livrar de quem faz isso comigo. Já sem defesa alguma. Acordado a noite inteira, andando no quarto.

Bem cedinho o João passa na rua, com o leite e o pão. Um cara baixinho, magrinho, feinho. Vou atrás. Na porta da casa, mostro a foice. O tal, nem um pio. Que ele, a mulher e os dois filhos deitem no chão. Mãos e pés, vou amarrando todos. Ele pede que não faça mal, posso levar tudo o que tem. Um trapo na boca e nos olhos de cada um. Dó de machucar muito o João. Enfio no coração a faca de cozinha. Sete vezes. Mas não uso a foice.

Encho de água o tanque. Afundo a cabeça do menino de nove anos, fica se agitando. O mesmo com a garota de doze. Não mais de um minuto e meio. Acho que a média das mortes um minuto, um minuto e meio. Tinha enfiado sete vezes a faca no peito do João. E você morreu? Nem ele. Sai muito sangue. Com as crianças eu não sinto nada. Quando é o João, por causa da sangueira, uma cena de terror. Afogo por último a mulher, ali deitada na cozinha. Ela eu afogo numa bacia grande. Só geme baixinho.

Eu não planejo as cenas. Tudo vai acontecendo. Tiro a roupa de cada um. Está molhada, entende? Arrasto um por um para baixo do chuveiro. Limpo todo o sangue do João. Lavo os corpos. Daí enrolo em quatro lençóis. Boto as crianças debaixo da cama. O João e a mulher dentro do guarda-roupa. Fecho com a chave.

Tudo por causa das ações mentais. Diante delas eu não tenho poder algum. Tomo banho e vou para a sala. Enfio o boné vermelho do menino. Começo a dormir sentado. A ação mental de uma garota que mora por ali me faz acordar. O João, ele... Ela... Eles pegam as minhas partes, na frente e atrás. Acordo, ela me masturba, durmo de novo. Fico a manhã inteira zanzando na casa.

Devoro um melão, cinco maçãs, o arroz frio em cima da pia. Já não sinto as dores de cabeça. Ligo a tevê, um cara muito engraçado. Só de tarde vou para casa. Com o meu novo boné. Antes de sair, lavo o banheiro e a faca. As chaves, jogo numa lixeira. Que me descubram eu não quero. Sou inocente, apesar do que fiz. Não fui eu que fiz. Foram eles.

## Querida amiga

Essa vida ainda me leva à loucura
Que Deus me livre
Não basta a mãezinha acabou no asilo
Aquela mania de botão dourado conchinha
Carretel vazio
Já te contei da última surra
Esse maldito João
Murro no olho pontapé na barriga
Chorei me descabelei pobre de mim
Dona Rosinha acudiu
Queria chamar a polícia
Assim não pode continuar
Bem sabe que casei obrigada
Aquele bandido meu cunhado Tito
Desde criança abraçada por ele
Menina começou a beijar com mais força
Na boca e no corpo
Uma vez até rasgou o biquíni
A minha honra ameaçada

Eu não quis ceder aos loucos beijos
Sem dó me atirou nos braços do João
Juro que desde a primeira vista
Só nojo e ódio
Esse não foi o moço que sonhei
Tudo fiz para amá-lo
Você conseguiu comadre
Não conseguiu? nem eu
Os filhos que me ajudaram bastante
A agüentar todos esses anos
Ele cada vez mais assassino
Mais cainho e bruto
Só eu e Deus sabemos
Cansei de fingir que o amava
Ser a escrava a mulher a mãe
Chega de apanhar
Sempre rastejando aos pés
Sofri todos os horrores
Bêbado queria fazer de tudo
Até o que uma mulher da rua tem vergonha
De mim tirava sangue
Ah não pede mais? é polaca fria
Antes de deitar esfreguei no corpo
O repelente contra mosquito
Pensa que adiantou?
Hoje estamos separados na mesma casa

Eu num quarto ele noutro
Perdeu toda a honra de homem
E o respeito de pai
Cada vez que falamos é para discutir
Então fiz uma cruz na boca
Lá no corredor um bicho nu peludo
Espumando o dentinho de ouro
Dois inimigos
Sirvo pó de vidro e barata
Na sopa de feijão
O fim de tudo
Quebrou na pia o elefante vermelho
E para beber
Roubou as moedinhas da filha
Vida mais desgraçada
Meu coração dá gritos
Derramo álcool no vestido boto fogo
Pelada me afogo no poço
Chorei a última lágrima
Com dois buracos no rosto
Ele está chegando ouço a chave na porta
Começa tudo de novo

# Ser mãe no paraíso

João casa e faz na moça um filho por ano. Faz filho até deixar a dona imprestável. Bêbado, surra a infeliz. Obrigada a se esconder no chiqueiro para não apanhar. Tanto filho, tanto apanha, tanto se esconde no chiqueiro, ela morre.

Finada a mulher, João dá todos os filhos – cinco ou seis? Minto, são sete. A menina de doze anos você não quis, largada no asilo. Ele fica livre e casa outra vez.

Sabe com quem? Com a Maria Bugio. Tem mais: O padrinho fui eu. Ela o Fantasma da Ópera em vestido azul de bolinha.

– Mais feia que a Zezé do Cavaquinho?

Uma bruxa velha de olho branco vazado.

– A cara medonha da Zezé.

Aquele olho de fazer qualquer criança gritar.

– Mas no corpinho da moça de vinte anos.

Bem me lembro do cortejo festivo no sábado de sol. A noiva de perna grossa, cintura fina, só a cara de bugio. Aquela meia boca, olho de bugalho, nariz furado.

– Eu é que sei – ele se vangloria. – No escuro qual a diferença?

Tipo faceiro, cabelo grisalhando, flor de laranjeira na lapela do terno azul-marinho.

– Muito juízo, rapaz. Não faça bobagem.

– Deus lhe ouça, doutor.

– Não carece dar louvado. Evite filho, isso sim.

Foi casar, beber, engravidar a Maria. Bebendo e batendo no triste bugio.

Que afinal procura o sargento. Uma criancinha chorando no braço e grávida de outra.

– Já sei, Maria. Não precisa contar. Com esse olho roxo.

– Me acuda, sargento. Que ele judia e mata.

– Só falta que faça mais dois filhos.

De boquinha torta ri gostosa.

– Que será da pobre de mim?

– E você se esconda no chiqueiro.

Apanhando, um filho no colo, como salvá-lo? Atira-o janela fora. Não é que Deus existe? O pé do menino preso na forquilha da laranjeira.

Cresce espantado e bem gago no medo de cair da forquilha.

– A surra por que foi?

– Meu rabinho de cavalo.

Basta seja feiosa e se enfeitar não pode?

– Morre de ciúme, o coitado.

Lá vem nosso herói metido a valentão. Reinando com dona casada. O paletó azul rasgado e imundo: avança na mulher e apanha do marido. Vadio, engorda à custa da Maria, que é milagrosa parteira.

Chapelão branco e botinha vermelha de grande domador. O método é famoso: amarra o potro. Só água, nada de milho. Uma surra por dia. Mais que ensinado, bem mansinho, a orelha toda mordida.

Dá com a tranca na cabeça de Maria

– já se viu, fita amarela no cabelo? A vizinha tem de atrelar a carroça e levá-la no domingo para o hospital: cinco pontos na mioleira.

Ela, a Maria, que não deixa o sargento.

– Já prendo esse vagabundo.

– Pelo amor de Deus, sargento. Não faça isso.

– Precisa de uma lição, o bandido.

Ao nenê faminto ela oferece o bico negro do seio:

– O culpado é o Balaio de Pulga.

Não cabe mesa nem cadeira. Estreito corredor, dois ou três caixotes, mais os bêbados – sempre lugar para mais um.

– O sargento devia fechar. É uma perdição.

Do Balaio o João sai cambaleando. Verte em plena praça um rio de espuma – onde ela cai já não cresce a grama.

– Segura o hominho!

Cuidado, não é a pistolinha na mão? O brado retumbante e dois tiros certeiros na lua cheia.

– Aqui não tem macho.

Aos tombos chega em casa, mete a botinha na porta. Maria foge pela janela para o chiqueiro.

– Com o hominho ninguém pode.

O galo da vizinha não pára quieto. João firma-se na cerca, fecha um olho e, no meio do clarim, tiro e queda.

– Conheceu, papudo?

De manhã a dona volta, ressabiada. Rindo feliz João cerca-a na cozinha. E de pé contra a mesa faz mais um filho.

## Tudo bem, querido

Ah, é? Você me liga: *Oi, tudo bem? Estou terminando. Entre nós, sim, tudo acabou. Lindo enquanto durou. Agora acabado. Para sempre. Espero que sejamos amigos.* Que história é essa, cara? Acabou, pô nenhuma. Um longo ano de paixão e loucura, de repente oi, tudo bem, o fim de tudo?

Pra mim nada acabou, ô louca. Só do teu pouco juízo para ser tão cruel. Ingrata e desgracida. Oco no peito, ninho de peludas viúva-negras. Ainda ontem, nua e perdida nos meus braços, o teu grande, eterno, único amor. E hoje: *Oi, querido, tudo acabou.* Corta essa, cara. Dó não sabe o que é? Em perdão nunca ouviu falar? Nem aviso nem nada – *é o fim, tudo acabou* –, o coração esfolado vivo com navalha sem fio. O amor doido de um ano não se acaba com um tiro na nuca.

Na hora fui machão. "Tudo bem, se é o que você quer. Claro, ainda amigos, seja feliz." Assim que você desliga, mãezinha do céu, o olho cegou, a língua enrolou, a perna falhou, o meu nome esqueci. Que tudo bem, que nada. Pô nenhuma. Aqui estou plantado de quatro, ganindo para a lua vermelha dos amantes desprezados. Nada acabou, meu amor que era grande ficou maior, transborda do meu peito, sai pela janela, explode a cidade em sarças ardentes, uivos de dor, borboletas amarelas.

Durão, sim, às duas de uma tarde de sol. Nunquinha que às três da noite escura da alma, eu, a última das baratas leprosas. Agonizante na velha cama, o colchão furadinho de agulhas de gelo, o travesseiro de penas e brasas vivas. Única imagem: você perdida e nua nos meus braços. Única idéia: nua e perdida você nos braços de outro. Atropelo uma prece entre berros do ódio que espuma. E o maldito pernilongo da insônia, *oi, querido, tudo bem?* Me enfiando a faca no coração ainda me chama querido. No peito, não, revolve a ponta fininha nas costas, assim dói mais.

Tudo bem, uma merda. Tudo mal, nunca esteve pior, desde a hora do famoso recado. Assim acaba o amor jurado de um ano inteirinho? De um telefone público, entre zumbidos e vozes, *desculpa, querido, não posso falar, tem gente esperando.* Nem a consideração do falso olho azul na cara. E se caio duro e mortinho, ao ouvir a sentença de morte? Te dispensava assistir à execução, o tiro de misericórdia na nuca. Misericórdia, pô nenhuma. Sabe lá o que é, cara?

Egoísta e pérfida, só uma bandida capaz de *oi, tudo bem* (e, no mesmo fôlego, decerto sorrindo o tempo inteiro), *tudo acabou, querido, é o fim, não me procure mais, se me vir na rua* (nos braços de outro?) *finja nunca me conheceu, assim a gente não sofre.* Não sofre, a gente, pô? Fale por você, sua cadela. E a mão suada e fria? a língua no sal? o vidro moído nas entranhas? a tremedeira no pé torto? Aqui estava numa boa, de repente o bruto murro na cara, espirra olho, sangue do nariz, caco de dente – e *tudo bem, querido?*

Minha fonte única da alegria agora de

todas as dores e aflições? Você meu cálice de vinagre e fel, a broinha de cinza fria? Dá um tempo, ô cara. Isso não se faz. Não é assim que um amor acaba. Com o tiro na nuca, a volta do parafuso nas costas, o soco na cara.

Machão, eu? O mais reles dos ratos piolhentos do amor. Sem honra nem palavra, por mim não respondo, todo me ofereço à vergonha e humilhação. Lembra da aranha? Você cortou com a tesoura as oito patas – cada uma ainda quis andar sozinha... E se distraiu a vê-la desfiar do ventre o recheio verde. Essa aranha roxa, ali no piso branco, sou eu. Mudo me retorcendo de tanta dor. Deliciada, eu sem braço nem perna, debaixo do teu sapatinho prateado? O meu desespero goze à vontade. Tudo menos *oi, querido, acabou o nosso caso.*

Pô que acabou. E eu, ô cara? Sem você, o que será de mim, já pensou? Não tem peninha? Eu morro, sua puta. Por você eu grito três dias sem parar. Me dá um tempo. Qual é a tua, cara? Como pode, até ontem me amava e hoje tudo acabado? E os teus bilhetes de juras eternas, as letras borradas de fingidas lágrimas? A isso chama de amor? Me beija na boca e no mesmo suspiro me acerta o ferrão de fogo. Tudo eu aceito, só não me deixe. Aqui na maior desgraça, não ouve meu soluço e rasgar de dentes? Me dá um tempo, cara. Um mês, uma semana, um diazinho só.

Já não me quer? Tudo bem. Basta que eu te olhe, nem chego perto, do outro lado da mesa. Cafetina de corações solitários. Ó estripadora de alminhas líricas. Vendo o teu desprezo pode que ganhe coragem e força. Com as mãos arranco o próprio coração pelas costas

Meus ossos já se desmancham, deixo cair o garfo e a xícara, puxo da perna esquerda. Me repito, eu? Pudera, no ouvido esse bando de baitacas gritando sangue, me acuda, inferno, eu morro. Dá um tempo, cara. Não assim, não para sempre: o fim do mundo às duas e quinze da tarde. Em vez da trombeta e a explosão, uma voz alegre no telefone público. *Tudo bem, sinto muito, desculpa e obrigadinha.*

Sente muito, você, a maior das assassinas? Tudo bem, pô nenhuma. Não tem obrigadinha. Não tem desculpa. Quero você inteirinha de volta. Orgulho já não tenho. Merda para o orgulho. A paz dos cabelos brancos, até essa me deixou. Entre você e o amor-próprio, escolho você. Entre a dignidade e a abjeção com você, prefiro a abjeção. Só peço último encontro, duas palavrinhas. Por você eu morro todo dia. Pelo teu amor sou morto cada vehora. Deixa te ver, sua maldita, uma vezinha só. Ai, por favor. Minha santinha querida. Por favor.

# O cigarro aceso

Blusa branca de renda e saia azul, estende-se ao lado dele. Olha-a na penumbra e sorri. Afaga o longo cabelo dourado. Desabotoa a blusa. Tira o sutiã – sabe o que é um peitinho de quinze anos?

Ela um passarinho morto. Mas o coração aos pulos. O que é que ele quer? Cada vez mais perto.

– Nunca teve namorado?

– Credo, João.

Beijo molhado de língua. De mim o que fazendo? Ele abre o fecho da saia. Só de calcinha. Toda fria, pesada, mole. O peitinho, como bate. E começa a chorar.

– Quero ir embora.

– Seja bobinha. Já passa.

Ao tirar a calcinha, ele rasga. Puxa com força e rasga. Vai por cima. Ó mãezinha, e agora? Com falta de ar, afogueada, lavada de suor. Reza que fique por isso mesmo.

Chorando, suando, tremendo, o coração tosse no joelho. Ele a beija da cabeça ao pé – mil asas de borboleta à flor da pele. O medo já não é tanto. Ainda bem só aquilo. Perdido nas voltas de sua coxa, beija o umbiguinho.

Deita-se sobre ela – e entra nela. Que dá um berro de agonia: o cigarro aceso queimando em brasa viva.

– Pára. Ai, ai. Que você me mata.

Mas você pára? Nem ele.

# O grande deflorador

– Maria é o meu nome. O mesmo da mãe de Nosso Senhor.

Exala a mentruz com arruda. A patroa não quer saber – o cheiro da santa? Que tome dois banhos por dia.

– Escolha o arroz. Já lavou a roupa? Grande preguiçosa. Varra a calçada.

– Não sou sabão. Em duas não posso me repartir.

Tanto bastou que a patroa:

– Erga-se daqui, ó coisa. Suma-se. Rua.

Lá se vai Maria com sua trouxinha.

– Hoje fiz uma oração para São Jorge. Que cuida do boi e do cavalinho.

De pequena perdeu o pai. Vingaram ela e o caçula. Sete anjinhos haviam nascido e logo morrido.

A mãe conhecia os mistérios do mundo. Cada vez que faltava uma criancinha:

– Deus chamou. Deus quando chama sabe o que faz. Esse que aí está não seria um malfeitor?

Eles tinham tudo em casa. Tudo quer dizer a carroça, o arado, dois cavalinhos, a criação de galinha e porquinho, o paiol de feijão, batata, abóbora. E – grande orgulho da família – a máquina de moer milho.

A mãe estava bem sã. Um dia avisou:

– Logo vou faltar. Se preparem os dois. Cuide do seu irmão.

Desde menino o irmão bebia.

– A mãe não tem nada.

– A mãe sabe. A morte é uma planta que nasce no coração.

Naquela manhã a moça acordou cedinho.

– Que dia lindo para lavar roupa.

Pediu a bênção para a mãe. Enxada no ombro, foi para a roça com o irmão. Na volta, a velha estava caída a par da cama. Água saía dos olhos.

– Parece que ainda me viu.

Bradou pela vizinha que veio e ficou de joelho:

– O pulso fugiu. Sua mãe foi embora.

Mais água limpinha dos olhos de Maria.

– Eu e a vizinha vestimos.

Ela disse que não tivesse cuidado.

– Deixe, Maria. Eu mato a leitoa para o guardamento.

Entrou na cozinha e o mano José ali chorava. Com a cabeça deitada na mesa.

– Agora não adianta ter pena da mãe.

Desde menino o irmão bebia e judiava da velha.

– Ela já se finou.

Daí o José foi botando tudo fora: a carroça, o arado, a galinha, o porquinho.

– Só salvei um cavalinho. Levei para o rancho de nhá Zefa.

Fez o sinal ligeiro da cruz.

– Não é que pesteou, o infeliz?

O irmão caía borracho na valeta.

– Sabe que uma vez ele me surrou? Com o arreador. Acertou no pescoço. Tenho a marca até hoje.

Pela maldita cachaça trocou a batata, a abóbora, o feijão.

– Chorei, o que mais? Da dor e do sentimento.

Por fim a máquina de moer milho – a grandeza do finado pai.

– Mais que eu quem sofria era o José.

Sem o que beber, não é que a irmã ele vendeu a um velho caolho?

– E ainda perneta.

O velho chegava bêbado. Logo ia surrando a pobre moça.

– Lave meu pé, mulher.

Que trazia a gamela de água esperta.

– Agora enxugue.

Ela ficava de joelho.

– Com o cabelo, mulher.

Comprido e bem preto. De tanto apanhar, a cabeça meia de lado.

– Na hora da janta só de ruim espatifava o prato na parede.

Reinava antes de dormir. Não sossegava enquanto não punha a moça debaixo da cama.

– Cabe, sim. A cama do sítio é alta.

Ela embaixo. Ele em cima. De vez em quando erguia o braço. Estalava o rebenque na dona encolhida.

– Não sai daí, diaba.

Ai dela, nem se coçar podia.

– Eu, quieta e calada, rezava o terço.

Até que descalça correndo na chuva.

– Dele eu fugi. Levei um rolinho na barriga.

Aos sete meses nasceu morto – o mais lindo menino.

– O José ainda vive?

– Ainda bebe. Outro dia apanhou na venda. E apanhou muito. Por amor de uma viola. Comprou a viola e queria destrocar.

Ri alegrinha e esconde na mão a gengiva murcha.

– A bugra não tem dente.

O último canino torto, nenhum incisivo.

– Que tal um namorado, Maria?

– Só de longe.

Bendita e cheia de graça.

– De você, Maria? O que vai ser?

Sem cavalinho pesteado nem nada.

– Tenho o amor de Jesus Nosso Senhor e do Divino Espírito Santo. Vou levando a vida. E rolando pelo mundo.

– Com fé em Deus.

Deus, ó grande deflorador das criancinhas.

## Coleção L&PM POCKET

1. **Todas as histórias do Analista de Bagé** – Luis Fernando Verissimo
2. **Poesias** – Fernando Pessoa
3. **O livro dos sonetos** – org. Sergio Faraco
4. **Hamlet** – Shakespeare – trad. Millôr Fernandes
5. **Isadora, fragmentos autobiográficos** – Isadora Duncan
6. **Histórias sicilianas** – Giuseppe di Lampedusa
7. **O relato de Arthur Gordon Pym** – Edgar Allan Poe
8. **A mulher mais linda da cidade** – C. Bukowski
9. **O fim de Montezuma** – Hernan Cortez
10. **A ninfomania** – D. T. Bienville
11. **As aventuras de Robinson Crusoé** – Daniel Defoe
12. **Histórias de amor** – A. Bioy Casares
13. **Armadilha mortal** – Roberto Arlt
14. **Contos de fantasmas** – Daniel Defoe
15. **Os pintores cubistas** – G. Apollinaire
16. **A morte de Ivan Ilitch** – L.Tolstoi
17. **A desobediência civil** – David Henry Thoreau
18. **Liberdade, liberdade** – Flávio Rangel e Millôr Fernandes
19. **Cem sonetos de amor** – Pablo Neruda
20. **Mulheres** – Eduardo Galeano
21. **Cartas a Théo** – Van Gogh
22. **Don Juan, o convidado de pedra** – Molière – Tradução e adaptação de Millôr Fernandes
23. **A mulher do Silva** – L. F. Verissimo
24. **Contos fantásticos: Horla & outras histórias** – Guy de Maupassant
25. **O caso de Charles Dexter Ward** – H. P. Lovecraft
26. **Vathek** – William Beckford
27. **Hai-Kais** – Millôr Fernandes
28. **Adeus, minha adorada** – Raymond Chandler
29. **Cartas portuguesas** – Mariana Alcoforado
30. **A mensageira das violetas** – Sonetos – Florbela Espanca
31. **Espumas flutuantes** – Castro Alves
32. **Dom Casmurro** – Machado de Assis
33. **Ed Mort - todas as histórias** – Luis Fernando Verissimo
34. **Alves & Cia.** – Eça de Queiroz
35. **Uma temporada no inferno** – Arthur Rimbaud

36. **A correspondência de Fradique Mendes vol.1 – Memórias e notas** – Eça de Queiroz
37. **A correspondência de Fradique Mendes vol. 2 – As cartas** – Eça de Queiroz
38. **Antologia poética** – Olavo Bilac – Seleção de Paulo Hecker Fº
39. **Rei Lear** – W. Shakespeare – Trad. de Millôr Fernandes
40. **Memórias póstumas de Brás Cubas** – Machado de Assis
41. **Que loucura!** – Woody Allen
42. **O duelo** – Casanova
43. **A mãe do Freud** – Luis Fernando Verissimo
44. **Gentidades** – Darcy Ribeiro
45. **Memórias de um Sargento de Milícias** – Manuel Antônio de Almeida
46. **Os escravos** – Castro Alves
47. **O desejo pego pelo rabo** – Pablo Picasso
48. **Os inimigos** – Máximo Gorki
49. **O colar de veludo** – Alexandre Dumas
50. **Livro dos bichos** – Org. de Sergio Faraco
51. **Quincas Borba** – Machado de Assis
52. **O marido do Dr. Pompeu** – Luis Fernando Verissimo
53. **O exército de um homem só** – Moacyr Scliar
54. **Frankenstein** – Mary Shelley
55. **Dom Segundo Sombra** – Ricardo Güiraldes
56. **De vagões e vagabundos** – Jack London
57. **O homem bicentenário** – Isaac Asimov
58. **A viuvinha** – José de Alencar
59. **Livro das cortesãs** – Org. de Sergio Faraco
60. **Últimos poemas** – Pablo Neruda
61. **A moreninha** – Joaquim Manuel de Macedo
62. **Cinco minutos** – José de Alencar
63. **Saber envelhecer e a amizade** – Cícero
64. **Enquanto a noite não chega** – Josué Guimarães
65. **Tufão** – Joseph Conrad
66. **Aurélia** – Gérard de Nerval
67. **I-Juca-Pirama** *seguido de* **Os Timbiras** – Gonçalves Dias
68. **Fábulas de Esopo**
69. **Teresa Filósofa** – Anônimo do Séc. XVIII
70. **Aventuras inéditas de Sherlock Holmes** – A. C. Doyle
71. **Antologia poética** – Mario Quintana
72. **Antes e depois** – Paul Gauguin

73. **A morte de Olivier Bécaille** – Émile Zola
74. **Iracema** – José de Alencar
75. **Iaiá Garcia** – Machado de Assis
76. **Utopia** – Tomás Morus
77. **Sonetos para amar o amor** – Luis Vaz de Camões
78. **Carmem** – Prosper Mérimée
79. **Senhora** – José de Alencar
80. **Hagar, o horrível 1** – Dik Browne
81. **O coração das trevas** – Joseph Conrad
82. **Um estudo em vermelho** – Sir Arthur Conan Doyle
83. **Todos os sonetos** – Augusto dos Anjos
84. **A propriedade é um roubo** – P.-J. Proudhon
85. **Drácula** – Bram Stoker
86. **O marido complacente** – Marquês de Sade
87. **De profundis** – Oscar Wilde
88. **Sem plumas** – Woody Allen
89. **Os bruzundangas** – Lima Barreto
90. **O cão dos Baskervilles** – Sir Arthur Conan Doyle
91. **Paraísos artificiais** – Charles Baudelaire
92. **Cândido, ou o otimismo** – Voltaire
93. **Triste fim de Policarpo Quaresma** – Lima Barreto
94. **Amor de perdição** – Camilo Castelo Branco
95. **Megera domada** – William Shakespeare – Tradução de Millôr Fernandes
96. **O mulato** – Aluísio Azevedo
97. **O alienista** – Machado de Assis
98. **O livro dos sonhos** – Jack Kerouac
99. **Noite na taverna** – Álvares de Azevedo
100. **Aura** – Carlos Fuentes
101. **O suicida e o computador** – Luis Fernando Verissimo
102. **Contos gauchescos e lendas do sul** – Simões Lopes Neto
103. **O cortiço** – Aluísio Azevedo
104. **Marília de Dirceu** – Tomás Antônio Gonzaga
105. **O Primo Basílio** – Eça de Queiroz
106. **O ateneu** – Raul Pompéia
107. **Um escândalo na Boêmia** – Sir Arthur Conan Doyle
108. **Contos** – Machado de Assis
109. **200 Sonetos** – Luis Vaz de Camões
110. **O príncipe** – Maquiavel
111. **A escrava Isaura** – Bernardo Guimarães

112. **O solteirão nobre** – Sir Arthur Conan Doyle
113. **Sexo na cabeça** – Luis Fernando Verissimo
114. **Shakespeare de A a Z (Livro das citações)** – William Shakespeare
115. **A relíquia** – Eça de Queiroz
116. **Orgias** – Luis Fernando Verissimo
117. **O livro do corpo** – Vários (org. de Sergio Faraco)
118. **Lira dos 20 anos** – Álvares de Azevedo
119. **Esaú e Jacó** – Machado de Assis
120. **A barcarola** – Pablo Neruda
121. **Os conquistadores** – Júlio Verne
122. **Contos breves** *seguido de* **O mago apodrecido** – G. Apollinaire
123. **Taipi** – Herman Melville
124. **Livro dos desaforos** (Poesias) – Org. de Sergio Faraco
125. **A mão e a luva** – Machado de Assis
126. **Doutor Miragem** – Moacyr Scliar
127. **O penitente** – Isaac B. Singer
128. **Diários da descoberta da América** – Cristóvão Colombo
129. **Édipo Rei** – Sófocles
130. **Romeu e Julieta** – William Shakespeare
131. **Hollywood** – Charles Bukowski
132. **Billy the Kid** – Pat Garrett
133. **Cuca fundida** – Woody Allen
134. **O jogador** – Dostoiévski
135. **O livro da selva** – Rudyard Kipling
136. **O vale do terror** – Sir Arthur Conan Doyle
137. **Dançar tango em Porto Alegre** – Sergio Faraco
138. **O gaúcho** – Carlos Reverbel
139. **A volta ao mundo em oitenta dias** – Júlio Verne
140. **O livro dos esnobes** – W. M. Thackeray
141. **Amor & morte em Poodle Springs** – Raymond Chandler & Robert Parker
142. **As aventuras de David Balfour** – Robert L. Stevenson
143. **Alice no País das Maravilhas** – Lewis Carroll
144. **A ressurreição** – Machado de Assis
145. **Inimigos, uma história de amor** – Isaac. B. Singer
146. **O Guarani** – José de Alencar
147. **Cidade e as serras** – Eça de Queiroz
148. **Eu e outras poesias** – Augusto dos Anjos

**149. A mulher de trinta anos** – Honoré de Balzac
**150. Pomba enamorada e outros contos** – Lygia Fagundes Telles
**151. Contos fluminenses** – Machado de Assis
**152. Antes de Adão** – Jack London
**153. Intervalo amoroso e outros poemas escolhidos** – Affonso Romano de Sant'Anna
**154. Memorial de aires** – Machado de Assis
**155. Naufrágios e comentários** – Álvar Nuñes Cabeza de Vaca
**156. Ubirajara** – José de Alencar
**157. Textos anarquistas** – Michael Alexandrovich Bakunin
**158. O pirotécnico Zacarias** – Murilo Rubião
**159. Amor de salvação** – Camilo Castelo Branco
**160. O gaúcho** – José de Alencar
**161. O Livro das maravilhas** – Marco Polo
**162. Inocência** – Visconde de Taunay
**163. Helena** – Machado de Assis
**164. Uma estação de amor** – Horácio Quiroga
**165. Poesia reunida** – Martha Medeiros
**166. Memórias de Sherlock Holmes** – Sir Arthur Conan Doyle
**167. A vida de Mozart** – Stendhal
**168. O primeiro terço** – Neal Cassady
**169. O mandarim** – Eça de Queiroz
**170. Um espinho de marfim** – Marina Colasanti
**171. A ilustre Casa de Ramires** – Eça de Queiroz
**172. Lucíola** – José de Alencar
**173. Antígona** – Sófocles – trad. Donaldo Schüler
**174. Otelo** – William Shakespeare
**175. Antologia** – Gregório de Matos
**176. A liberdade de imprensa** – Karl Marx
**177. Casa de pensão** – Aluísio Azevedo
**178. São Manuel Bueno, Mártir** – Miguel de Unamuno
**179. Primaveras** – Casimiro de Abreu
**180. O noviço** – Martins Pena
**181. O sertanejo** – José de Alencar
**182. Eurico, o presbítero** – Alexandre Herculano
**183. O signo dos quatro** – Sir Arthur Conan Doyle
**184. Sete anos no Tibet** – Heinrich Harrer
**185. Vagamundo** – Eduardo Galeano
**186. De repente acidentes** – Carl Solomon
**187. As minas de Salomão** – Rider Haggar (trad. de Eça de Queiroz)

188. **Uivo** – Allen Ginsberg
189. **A ciclista solitária** – Sir Arthur Conan Doyle
190. **Os seis bustos de Napoleão** – Sir Arthur Conan Doyle
191. **Cortejo do divino** – Nelida Piñon
192. **Cassino Royale** – Ian Fleming
193. **Viva e deixe morrer** – Ian Fleming
194. **Os crimes do amor** – Marques de Sade
195. **Besame Mucho** – Mário Prata
196. **Tuareg** – Alberto Vásquez-Figueroa
197. **O longo adeus** – Raymond Chandler
198. **Os diamantes são eternos** – Ian Fleming
199. **Notas de um velho safado** – Charles Bukowski
200. **111 ais** – Dalton Trevisan
201. **O nariz** *seguido de* **Diário de um louco** – Nicolai Gogol
202. **O capote** *seguido de* **O retrato** – Nicolai Gogol
203. **Macbeth** – William Shakespeare
204. **Heráclito** – Donaldo Schüler
205. **Você deve desistir, Osvaldo** – Cyro Martins
206. **Memórias de Garibaldi** – Alexandre Dumas
207. **A arte da guerra** – Sun Tzu
208. **Fragmentos** – Caio Fernando Abreu
209. **Festa no castelo** – Moacyr Scliar
210. **O grande deflorador** – Dalton Trevisan
211. **A primeira coisa que eu botei na boca** – Deonísio da Silva

## Coleção L&PM POCKET/GASTRONOMIA

1. **100 receitas de macarrão** – Sílvio Lancellotti
2. **160 receitas de molhos** – Sílvio Lancellotti
3. **100 receitas ligth** – Helena e Ângela Tonetto
4. **100 receitas de sobremesas** – Celia Ribeiro
5. **Mais de 100 dicas de churrasco** – Leon Diziekaniak

## Coleção L&PM POCKET/FILOSOFIA

1. **Marx - Vida & Obra** – José Arthur Giannotti

## Coleção L&PM POCKET/SAÚDE

1. **Pílulas para viver melhor** – Dr. Fernando Lucchese